잊지말아요,

모든 눈간의 당신은

너무나 귀하고 사랑스러운

사람이라는 것을 ⊂'♥:

지키 용:

From CHIKI

어른이도
온기가 필요해

치키(CHIKI)

FOREST
WHALE

멀리 저 아득한 어둠 끝에서
가녀린 한 줄기 빛이 꿈틀거린다.

이제 그 꿈틀임이 서서히 다가선다,
마치 예견된 운명처럼.

이윽고, 미미했던 그 꿈틀임은
걷잡을 수 없는 빛으로 차가운 대지를 훑어댄다.

언제나 그랬던 것처럼,
그리고 당연한 것처럼 메마른 차가운 대지 위에
그 따뜻함을 흩뿌린다.

**이 책을 만나는 수 많은 인연에,
따뜻함을 드릴 수 있기를 작은 소망을 품어 봅니다.**

From. 치키 아빠

이 책 '어른이도 온기가 필요해'는 'CHIKI(치키)' 작가님이 쓴 수필집입니다. CHIKI 작가님의 따뜻한 마음을 온전히 느낄 수 있는 책이죠.

어른이는 완전한 어른은 아니지만 어른의 삶을 살아가는 작가님 자신과 독자들을 표현하는 말입니다. 즉 책을 보는 우리는 모두 '어른이'입니다.

어른이 되어 감에 따라 삶의 무게가 어깨를 짓누르고, 눈 앞에 놓인 현실에 치여 지칠 때가 많습니다. 그럴 때마다 우리는 잠시 쉬어갈 수 있는 따뜻한 위로가 필요합니다.

이 책 '어른이도 온기가 필요해'는 그런 우리에게 다가와 묵묵히 손을 내밀어 주는 친구 같은 책입니다. 일상의 풍경 속에서 발견한 소중한 깨달음, 너무 힘들어 숨쉴 틈조차 없던 순간에 스며드는 한 줄의 위로, 그리고 내 안에 존재하는 따뜻한 사랑을 일깨워주는 에피소드까지. 작가님의 섬세하고 따뜻한 시선이 담긴 이야기들은 공감을 자아내며 지친 어른이들의 마음을 어루만져주리라 생각합니다.

"어른이도 온기가(그리고 휴식이) 필요하고, 어른이도 사랑에 배고픕니다." 책의 한 구절처럼, 우리는 모두 온기와 사랑을 갈구하는 어른이입니다. 이 책과 함께 '어른이'인 당신도 잠시 마음 속 놀이터에서 쉬어가는 시간을 가져보시길 바랍니다. 그 시간은 당신에게 삶의 위로와 큰 힘이 되어줄 것입니다.

From. 작가와 출판사

차 례

Chapter 2.
너는 내게사람인 건지, 사랑인건지

Chapter 3.
오늘 몇 도야? 너라는 온도

Chapter 4.
'어른' 인 척 하는 '어른이' 라서.

공부가 중요한 시기인 학생 신분을 벗어나
세상을 배워야 한다는 사회인이 되었습니다.
학교는 학생이라는 신분을 마치는 졸업장이 있었는데
사회라는 세상은 입학과 동시에 졸업장이 없더라고요.

그렇게, 나도 누군가에게
어른이란 이름으로 불리게 되었습니다.

어른이란 이름으로 제일 먼저 배워야 할 것은
'기다림'이었습니다.

떼를 쓴다고 원하는 것을 가질 수도 없고,
내가 원하는 것은 스스로 해내야 가질 수 있다는
내 마음이 내'마음대로'되지 않을 수도 있다는 것을
알아가는 과정이기도 한'기다리는'시간을 배우기
시작했습니다.

그렇게 어른이라는 발걸음을 나아가며,
하나하나 배워나가며 학교에 다닐 때의 책가방과
세상을 배워가는 책가방의 무게는 확연히 다름을
느끼게 되었습니다.

교과서로만 가득 찬 책가방이 아닌
좋은 일도, 슬픈 일도, 힘겨운 일도
모두 들어있는 마음의 무게로 가득 찬 책가방을 메고
세상을 나아갑니다. 한 발짝, 한 발짝씩.

그래서일까요,
사람을 찾게 되었습니다.

하루에 수십 번, 수천 번 스쳐 가는
우연한 사람들이 아닌 한 사람이라도
내게 온기를 불어넣어 줄 인연을 찾기 위해서
두리번거리기 시작했습니다.

나라는 어른은 서툴고,

세상을 다 알기에는 너무나도 모르는 것투성이라서

혼자서 나아가기에는 아직 나는 무섭고 외로우니,

내 손 좀 잡아달라고 말하고 싶어서요.

어린아이 같은 마음이

아직 진하게 남아있는 어른인 나는

종이에 한 줄, 끄적여 봅니다.

"어른이도 온기가 필요해"라고.

Chapter 1.

이리 와,

나의 분홍 어린 **봄**아.

come here,
my pink little spring.

놀이터 : playground

어린이를 위한 놀이터는
어디든 가도 보이는데

어른이를 위한 놀이터는
어디든 가도 보이지 않더라.

외치면 닿을까.

Playgrounds for children are visible wherever you go, But playgrounds for ' eoreuni' are invisible no matter where you go.

Will it reach if I shout?
Because I'm still an adult with a child's heart,
I need a playground for ' eoreuni'.

나는 아직,
어린 마음의 어른이라서
'어른이'의 놀이터가
필요하다고.

감정스케치: emotional sketch

새하얀 도화지에 스케치를 했어,
나만의 세상을 그려보고 싶어서.

틀려도 괜찮고 어긋나도 괜찮아.
지우고, 그리고, 또 지우고 그려보면
더 예쁜 선으로 내가 그려지거든.

그렇게 스케치가 완성되면
그때 색깔을 칠해보는 거야,
수많은 감정으로.

어떤 감정이어도 괜찮아,
색깔에는 제한이 없으니까

그 어떤 감정으로 칠해져도

나는 더없이 예쁜 색의 사람이니까.

Because I'm a person with a beautiful color.

너는 더없이 멋진 색의 사람이니까.

Because you're a person of absolutely
beautiful colors.

It's okay to be wrong!

(틀려도 괜찮아!)

천천히, 그렇게: Slowly, Like that

천천히 걸어도 돼요.
속도를 한 걸음만 늦춰 보세요.

제자리뛰기만 해도
신발 밑창은 닳기 마련이에요.
빨라지거나 느려지는 것은
그저 찰나일 뿐이고
결국엔 내 속도로 걷게 되니까요.

내가 어떤 속도로
내 하루의 일상을 걷는지에 대해
그 누구도 뭐라 하지 않고,
그 누구도 뭐라할 수 없어요.

낮에는 보이지 않고
밤에만 보이는 별처럼
이것만은 꼭, 기억해 줘요.

내가 제자리뛰기만 한다고 해도
나 또한 너무나 귀한 사람이고

당신도 그렇게,
귀하고 반짝이는 사람이에요.

사람=삶: person=life

삶을 풀어서 말하면
사람이 된다는 거, 아세요?
그리고 사람을 한 음절로 합쳐 부르면
'삶'으로 줄어들어요.

신기하죠.
사람이 세상을 살아가는 일이라는 뜻의 인생도
다른 말로 삶이라고 부르는데 풀어서 말하면 사람이
니까요.

사람이 삶이고 삶이 사람이라는 것은
결국 내가 인생이고, 인생은 나 자신이라는 거니까요.

그래서 그런 말이 있나 봐요,
내 인생의 주인공은 "나"라는 말.
The main character of my life is me.

18세가 되면
주민등록증이 나오는 것도,
수 많은 사람의 손가락의 지문이
단 하나도 같지 않은 것도

세상에 존재하는 '나'는
내가 유일하기 때문이에요.

쌍둥이라 해도, 닮을 수는 있어도
완전히 똑같을 수는 없는 것처럼요.

그러니까 스스로를 탓하지 말아요.
어느 누구도 당신을 대신할 수 없어요.

내가 못났다는 생각이 드는 건,
마음이 못나서 그런 거예요.

마음에 '못'이 박혀서요.
그래서 못난 거예요.

그러니까 이제,
박힌 못은 빼고 나만 생각해요.

내 인생이잖아요, 소중하잖아요.
사람으로 태어났으니, 삶도 살아봐야죠.

내 인생이라는 무대에서
나는 대체불가한 특별한 존재니까요.

얼룩진 여백은 있을지라도.

Even if there's a spotty margin.

얼룩투성이: smudged

하나의 얼룩이 생겼다고 해서
내 인생의 전부가 엉터리가 되는 것은
아니라고 생각해.

얼룩이 하나도 없는 나보다는,
얼룩투성이인 내가 나는 더 좋으니까.

수많은 시행착오를 겪은 후의 내가
지금보다 더 성숙해지고, 마음도 더 커질 테니까.

그런 나를 나는 참 많이
사랑하니까.

'마음'이 나아감의 속도이기를.

May it be the pace of 'heart' that leads the way.

어떤 날은: Some days

어떤 날은

내가 아픈 일이었고

Some days, I was sick

어떤 날은

내가 힘든 일이었고

Some days, I had a hard time

어떤 날은

놓아버리는 일이었어도

Some days, Even if I was missing

그 어떤 날의

이유가 되더라도

나만은 알아주자.

Let's keep it to myself.

내가 나를 믿는 것은,

내가 정말 잘하고 있는 일이라는 것을.

What I believe in is,

That it's something I'm doing really well.

그러니까 괜찮아,

이보다 더 잘할 수는 없는 너니까.

That's okay

You can't do better than this.

잡초, 그 매력: weed, that charm

미국의 시인 랠프 월도 에머슨은 잡초는
'그 가치가 아직 발견되지 않는 식물들' 이라고
말합니다.
세상은, 가꾸지 않아도
스스로 자라는 풀을 잡초라고 말하죠.

화려함은 시간이 지나면 시들기 마련인데,
그 생각을 비웃듯이 치이고 밟혀도
언제 그랬냐는 듯 잡초는 다시 곧게 허리를 펴죠.

아무도 보지 않아도
나는 충분히 매력적이라고

잡초는 당당히 자신을 어필합니다.

자신의 가치를 스스로 가꿔 만들어 가는
그런 모습이 닮고 싶어서

제가 제일 좋아하는 꽃은 잡초입니다.

당신은요?

당신은, 어떤 꽃을 좋아하나요?

And yourself ? What flowers do you like ?

나의 나이테: my annual ring

나이를 한 살 더 먹는다는 것은
단순히 한 해가 지나서가 아닌

내가 나를 제대로 마주보고
내려놓는 용기를 보일 때가 아닐까.

나의 나이테가
가장 사랑스러운 순간도
한 줄이 더해지는 순간도

모두 내가 나에게
온전한 용기를 내는 순간이라고
얘기해 주고 싶다.

그런 나는 참 멋진 사람이라고
　　　　　　그런 너는 참, 용기 있는 사람이라고.

My age is

Even when one more line is added,

Even the most lovely moments.

"나의 나이테가

한 줄이 더해지는 순간, 가장 사랑스러운 순간."

잊지 마: don't forget

잊지 마,

오늘이 언제나 같은 오늘이 아니듯이

Don't forget,

just as today is never the same as any other day

모든 순간의 너는,

귀하고 사랑스러운 사람이라는 것을.

Of you everything moment,

that you are precious and lovely.

'탕후루'에 취하는 이유:
The reason why I'm drunk on 'Tanghulu' is

언제부터일까요,
탕후루라는 이름으로 과일 조각에
설탕물을 녹여서 만든 과일꼬치가
남녀노소 나이를 불문하고 찾는
트렌드한 간식이 되었어요.

왜 유독 탕후루에
이렇게 반응이 뜨거운 걸까,
다양한 간식들도 많은데 하고
생각하자마자 바로 떠오르더라고요,
'달달함'이라는 이유가.

탕후루는 한 입 베어먹는 순간
달달함이 입 안 가득 채워지니까요.

오늘을 살아가며 지친 나는,
다정함이라는 달달함이 줄어들어

차갑고도 달달한 탕후루로
메마른 마음을 축이는 게 아닐까요?

내겐 지금 한없이 부족한,
그 다정함에 취하고 싶어서라는 이유로요.

각자의 세상이 하나도 같지 않은데
달콤함, 그리고 다정함을 찾는 사람이
생각보다 많다는 사실에 괜스레 바라게 됩니다.

Slow down, Slow down is fine
To you who are thirsty for tenderness

느리게, 천천히여도 좋으니
다정함에 목마른 당신에게

달달한, 다정한 사랑으로
그 마음이 온전히, 그리고 가득히 채워지기를요.

여행: travel

누구와 함께이냐에 따라 달라지겠지?

It will change depending on who I'm with, right?

여행도

Traveling

설렘도

Eexcitement

나의 오늘도.

Even my today.

떠나고 싶다고?

Do you want to go on a trip?

하고 있잖아, 여행.

You're doing it. Traveling

인생이
여행이잖아.
Life is a journey.

청춘이라는 계절: the season of youth

파란 호스의 물을 뿌리면
무지개가 피어오르던
이 여름의 끝자락이

봄에 피는 벚꽃보다도
유난히 짧게 느껴졌다.

청춘의 계절이 지나가고
말랑함이 그리워질 듯한 계절이 왔다.

괜찮다.
어떠한 계절이 와도

나라는 계절은
　　　　매 순간이

　　　　　　따스한 온도일 테니.

꽃: flower

네가 내 꽃이었으면 했는데

I wished you were my flower,

내가 너의 꽃이었다는 사실에 한 번 더 설레는 오늘.

But realizing I was your flower, Another exciting day.

내 밤의 결은 너여서:
the feeling of my night is you.

글을 쓴다는 것에 대해 강박까지는 아니어도 이것만큼은 꼭 해야 한다는 점이 하나 있습니다. 우선, 글을 쓸 때는 혼자여야 하고, 아무에게도 방해받지 않는 공간이어야 합니다. 혼자여야 하지만 적막한 건 괜히 외로운 마음에 잔잔한 피아노 음악을 틀어두고, 휴대전화는 무음 상태로 나만의 글쓰기를 위한 준비가 되어야 온전히 집중할 수가 있더라고요. 낮보다는 밤을 선호하지만, 새벽에 약한 편이라서 자정이 되기 전에는 잠이 들곤 합니다.

가끔, 웃음이 납니다. 마음먹기에 따라 상황에 대처하는 자세는 다른 법인데 나는 언제부터 이런 준비가 되어야만 글쓰기에 마음 놓고 집중할 수 있게 된 걸까 하고요.

그렇게 여느 날과 별다를 것 없이 공책에 글을 끄적이던 중에 '결'이라는 말에 대해 생각해 보게 되었습니다.

잠결도, 사람도 결이 다르다, 글에도 결이 있다는 말을 들어보기만 하다가 내가 좋아하는 것에도 '결'이 붙는다면 어떤 느낌일까 궁금해졌습니다. 결이라는 말이 성품이나 상태를 나타낸다고 사전은 정의하고 있는데 사람도, 글도 결이 다른 것처럼 내가 좋아하는 시간에도 나만의 결이 더해진다면 왠지 모르게 특별함이 더해질 것 같다는 생각이 들었습니다.

유독, 까만 밤하늘과 고요한 새벽을 좋아하기에 내가 그리는 그림들의 배경들도 주로 밤의 풍경들입니다.

좋아하는 이유가 계기가 되어 '밤'에 '결'을 더해서 '밤결'이라는 나만의 밤 단어를 만들어 보았습니다.

나만의 언어가 생긴다는 것은, 생각보다 더 특별하고 설레는 일이었습니다. 내가 세상에 꺼낸 만큼 소중히 대해 주고 사랑해 주고 마음껏 불러주어야 할 존재가 생겼습니다.

그렇게 태어났습니다, 나의 '밤결'은.

밤결이 좋아서, 밤의 결이 좋아서, 그 밤의 결이 설레어서 내 밤의 결은 당신이라는 뜻을 담아.

밤결이 좋아서,
밤의 결이 좋아서,
그 밤의 결이 설레어서

내 밤의 결은 너여서.

I like the feeling of night
I'm excited about the night
The feeling of my night is you.

당신은 어떤 '밤결'을
　　　　가지고 있나요?

스며들다: permeates

밤:며들고
달:며들고
별:며들고
당신에게 스며들며

별자국을 따라서
밤바다를 산책 중입니다.

"당신이라는 낭만과 함께."

Night, permeates into

Moon, permeates into

Star, permeates into

Permeates into you

Along the star sign

I'm take a walking in the night sea

"With the romance of you."

달바라기: look at moon

달: 빛이 스며드는

바: 다 위에서

라: 디오의 주파수를 맞추며

기: 억을 걷는 중입니다.

스위치를 켰더니 달이 피어나더라고요.

moonlit on the sea

I'm walking through my memory,

matching the frequency of the radio.

I turned on the switch and the moon was blooming.

나의 '달바라기'
my 'moonbaragi.'

너의 화폭에 담긴 밤 :
the night on your canvas

잠이라는 이름으로 눈을 감기 전
오늘 하루는 어땠는지 돌이켜 봅니다.
그렇게 돌이키다 보면
머릿속에 검은 밤이 그려집니다.

매번 같은 하루이고 일상이지만
오늘은 어제보다 조금 달랐던 부분이
먼저 떠오르곤 합니다,
아주 사소하고 세세한 순간까지도.

그런데 오늘은 보고 싶습니다, 그 하늘이.
그래서 열어젖혔어요, 밤이 보일 수 있게.

오늘은 어떤 영혼들이 별이 되었길래
저렇게 반짝거리는 걸까요

오늘은 누구의 화폭에 담긴 걸까요,
저 하늘의 밤은.

외로움은 다른 사람으로 대신할 수 있지만
그리움은 당신을 대신할 수 없기에
이 밤을 화폭에 담은 누군가가 당신이기를
나는 바라고 있습니다.

세상이 큰 화폭에 담긴 그림이라면
나를 밤으로 그려내어 아주 잠시라도
당신의 마음에 숙면을 주고 싶습니다,
내가 잠들기 전에.

사랑해: I love you

Emotions rustled,

then it said it was love.

So I knew, that I am loving you

감정이 바스락거리더니
사랑이라고 얘기해 주더라.

그래서 알았어,
내가 너를 사랑하고 있다는 것을.

너라는 영화: a film called you

고마워요.

당신이라는 필름 속에
내가 등장인물로 담길 수 있게 해 주어서.

Thank you,

In the film called you

For allowing me to be included as a character.

말해두고 싶었어.

시간에 치여 흐릿해지더라도

언제든 다시 꺼내어 볼 수 있게

그 행복에 젖어 들고 싶어서라고

그게 내가,

너라는 사진을 찍는 이유라고.

오늘이라는 청춘: today's youth

"나이가 어떻게 되세요?"
살아가고 있는 숫자만이
나이라고 당연하게 생각해 왔는데

시간이 앞으로 나아갈수록
나이는 그 숫자만이 아니라
'오늘' 이 아닐까 라는 생각이 듭니다.

내가 보내는 오늘이라는 하루
그게 나이라면, 나는 지금
몇 번째의 사춘기를 지내면서도
아직은 매일이 청춘이지 않을까요.

내 청춘의 어제를 기억하고
지금이라는 하루를 끄적이고
오늘도 눈을 뜨는 아침인 것처럼

내가 나다운 것만큼

사랑스러운 행위는 없다고 말하고 싶습니다.

내 청춘이니까 내 이름이 붙어야겠죠?

청춘은, 치키하게.

얼룩, 꽃: stain, flower

어린 마음을 가졌다고 해서
티 없음을, 얼룩이 없음을 바라지 말아요.

누구에게나 얼룩의 흔적은 하나씩 있고
그 흔적이 내 인생에 어떻게 스며드는 지에따라

Just because you have a childlike heart,
Don't hope for it to be spotless

Everyone carries their own marks,
And depending on how those marks seep into my
life,

그 얼룩이 곰팡이가 될지
아름다운 꽃으로 피어날 지는
내가 스스로 정하는 거니까요.

Whether they turn into mildew
Or blossom into beautiful flowers,
It's up to me to decide.

꿈의 공원: a dream park

어서 오세요, 환영합니다.
이 꿈은 입장권을 가지신 분만 들어갈 수 있어요.

첫째,
자신을 사랑하는 마음이 30% 이상 이어야 해요.
나를 존중해 주고 소중히 할 줄 알아야 하기 때문이에요.

둘째,
10분 정도는 아무것도 하지 않고
휴식을 취할 줄 알아야 해요.
쉬지 않고 달리기만 하는 건
나 자신을 망가뜨리는 일이니까요.

셋째,
감정에 솔직할 수 있어야 해요.
슬프고, 지치고, 즐겁고, 행복한 감정을
느낄 줄 알아야 해요.

조건들이 전부 충족되셨나요?

그럼, 입장권을 드릴게요.

이 문으로 들어가시면 됩니다.

어서 오세요,

여기는 당신의 지친 마음속에,

또한 당신의 내면에 존재하는

"온기"를 채워주는 공간입니다.

Welcome. Please come in.

This dream is only for those with admission tickets.

First,

You must have a self-loving heart of at least 30%.

Because you need to know how to respect and

cherish yourself.

Second,

You should know how to take a break and rest for

about 10 minutes without doing anything.

Because running without resting only breaks myself.

Third,
You must be able to be honest with your emotions.
You should know how to feel sad, tired, joyful, and
happy emotions.

Have all the conditions been met?
Then, I'll give you the admission ticket.
You can enter through this door.

Welcome.
Here in inside your tired heart,
Also existing within your inner self,
Is a space that fills 'hope'.

어서 오세요,

여기는 당신의 지친 마음속에,
또한 당신의 내면에 존재하는
"온기"를 채워주는 공간입니다.

당신은 어떤 책인가요?:
what kind of book are you?

나는 지금이고,

오늘이고, 하루이고

청춘이라는 페이지로 가득 찬 책이에요.

당신은 어떤 책인가요?

am now,

I am today, It's a day and it's a book

full of pages called Youth.

What kind of book are you?

너라는 책을 읽고 싶어서.

The book called You I want to read,

당신은 어떤 책인가요?

What kind of book are you?

내 사람들에게 해 주고 싶은 3가지 이야기
: Three things I want to tell my people

1.
멈춤(STOP) 버튼은
또 다른 시작(START) 버튼이라는 것입니다.

아무것도, 아무 생각도 하지 않고 머릿속을 전부 비워 내는 쉼 또한 연습이 필요할 정도로 사람들은 앞을 보고 달리는 데, 마라톤도 수많은 연습과 휴식과 물이 필요한 만큼 제대로 나아가기 위해서는 잠시 멈추고 숨 고르기를 하는 것은 선택이 아닌 필수적인 요소라고 생각합니다.

휴식을 원하고 휴가를 원하지만 정작 그 상황이 되면 뭐부터 해야 할지 생각하고 발만 동동거리다가 지나가기가 참 흔한 경우입니다. 그럴수록 마음이 안정되어야 좀 더 제대로 또렷하게 앞을 바라보고 주변을 둘러볼 수 있는 여유도 생긴다고 생각하기 때문입니다.

2.
자신만의 퀘렌시아(Querencia, 피난처)가 있어야 한다는 것입니다.

퀘렌시아 (Querencia, 피난처).
스페인어로 소가 잠시 숨을 고르기 위해 본능적으로 경기장 한 쪽으로 가서 자신의 피난처를 삼는 장소입니다. 삶에서 소중한 걸 잃었을 때, 매일이 단조로워 주위가 무채색으로 보일 때, 상처받아 무너질 때, 정신이 고갈되어 자기가 누구인지조차 잊어갈 때 등 그때가 바로 자신의 퀘렌시아를 찾아야 할 때라고 생각합니다.

나의 퀘렌시아는 가족이라는 존재이고, 가족의 품입니다. 언제든지 내가 돌아올 곳이 되어주고, 즐겁고 기쁜 일, 슬프고 속상한 일 어떤 경우에도 제일 먼저 알리고 싶은 첫 번째로 자연스레 가족이 떠오르기 때문입니다.

내 인생에 얼룩이 생겼다고 해서 나의 전부가 엉터리가 되지는 않습니다. 아무도 나 자신의 힘듦의 깊이를 헤아릴 수 없다고 생각합니다. 정말 힘들다고 느껴지는 이 시간조차 언젠가는 지나가니 내 엔딩크레딧은 내가 만드는 거라고, 자신만의 퀘렌시아를 꼭 찾으라고 말하고 싶습니다.

3.
'시간이 없어서'라는 생각은
버리라고 말하고 싶습니다.

내가 지금 손가락을 움직이는 이 1초, 1분, 1시간 단위는 눈 깜박임보다도 빠르게 현재에서 과거가 되기 마련입니다.

한번 지나간 시간은 절대 돌아오지 않기에 우리는 시간이 소중하다고 생각하면서도 당장 앞의 상황에 급급해서 '시간이 없어서'라고 말하는 일이 적지 않은데' 현재 나의 우선순위는 이 상황이야'라는 급급함에 허울 좋은 핑계를 만들어 나 자신을 합리화시키곤 합니다.

내 시간도, 내 인생도
단 한 번이라는 걸 기억해야 합니다.

배려 : considerate

지금 뭐 하냐고요?

What are you doing now?

당신의 따뜻한 배려로
마음을 우려내는 중입니다.

I am brewing my heart with your warm care.

Chapter 2.

너는 내게

사람인 건지,

Is it a person
          or
                love?

사랑인 건지.

우리의 온도: our temperature

높을수록 빨리 달아오르고
낮을수록 느리게 식어가는 것처럼

너와 나의 온도의 적정선은 몇 도일까.

누군가를 생각하는 마음엔
온도가 없으니까요.

그래서, 어디쯤 왔어요?
빨리 보고 싶은데.

0:00   4:46

변하지 않는 것

◄◄   ❚❚   ►►

내 사랑과 너의 사랑이
'우리' 라는 사랑이 된다면,

너와 내가 마주보고
같은 곳을 바라보고
한 공간에 함께하고
그렇게 우리가 사랑이 된다면.

My love and your love
If 'we' become love,

You and I facing each other,
Looking at the same place
Being together in one space
If we become love like that
How brilliantly that love would scatter.

그 사랑은 얼마나 찬란하게 흩뿌려질까.

해, 사랑: Do, love.

사랑해, 나를
사랑해, 너를
사랑해, 우리

해, 사랑.

Do, love.

I love,

Me I love,

You I love, We

그리는 마음: one's heart of drawing

뜨거움을 즐겼었고
시원함을 느꼈었어

찬란함을 보았었고
열대야에 녹아들고
그런 여름을 그렸었어, 나는

여름이 집으로 돌아갔으니
가을을 그리기 시작할 거야.

가을을 그리다 보면 겨울일 테고
새로움의 시작인 봄이 오겠지

그래도
매 순간이 다르기에
같아 보여도
모든 순간이 다르기에

그리고 싶어,
순간순간의 계절을
모든 순간 너라는 계절을

나는 계절을 그리듯
너를 그리고 싶은 마음이니까.

Because I want to draw you like I draw the
season.

당신의 새벽은 어떤 색깔인가요? :
What color is your dawn?

새로운 하루가 시작되기 전
내 일상의 '느림'이 유일하게 허락되는 시간.

어슴푸레한 이 시간을 저는 참 좋아합니다.
흑색 연필심 같은 까만 밤의 색깔이 옅어지며
어두운 벽을 깨어주고,
아침을 깨워주는 시간 같아서요.

아무도 깨지 않은 고요함 속에
비가 오는 새벽은 더욱 축축해서
마음속 일렁임이 조금 더 톡톡,
뛰어오르는 기분.

나의 새벽은
물기에 젖은 고요한 색깔일까 하고
생각해 봅니다.

당신의 새벽은 어떤 색깔인가요?

The only time when 'slowness' is permitted in my daily life.

I really enjoy this vague time

Like a black pencil, of the black night the color fades, Breaking the dark walls, Like a time waking up the morning.

In the silence that no one has broken,

The dawn with rain is even more damp

The stirring in the heart a bit more vibrant, a rising feeling Is my dawn a silent color soaked with moisture.

What color is your dawn?

후회 없는 인생: a life of no regrets

"마지막에 웃는 놈이 좋은 인생인 줄 알았는데
자주 웃는 놈이 좋은 인생을 사는 거였어."

어느 92세 할머니께서 살면서 가장 후회했던 점이
무엇이냐는 질문에 한 대답이라고 합니다.

인생의 도착 선에 목표를 정하고 달리는 것 보다
인생을 살아가며 그 순간을 한 번이라도 더 웃고
소소한 행복을 느끼는 게 더 나은 삶이겠구나 싶어
할머니의 이 말을 듣자마자 "아." 라는 탄식이 나옵니다.
이건 분명 한 사람의 개인적인 인생론이지만

세상을 살아가면서 지금,
이 순간 웃을 수 있는 횟수가 점차 늘어난다면

저도 할머님의 '후회 없을 좋은 인생' 에
발끝 하나라도 걸칠 수 있지 않을까요?

저도 그런 인생을 살고 싶어요, 할머니.

나를 지키는 방법: How to protect myself

당신도 그런 적이 있나요?

나를 지키기 위해서, 소중히 하기 위해서
시작한 일이 되려 나를 상처 주는 계기가 되었던 일.
나는 나를 지키려고 시작했는데

왜, 나 자신에게 지쳐가는 걸까요.
왜, 시간이 지날수록 나는 내가 싫어지는 걸까요.

문득, 이런 생각이 들었어요.
나는 좋은 모습만 보이기 위해 미소 짓는 건 아닐까.
내가 나를 외면하고 누군가의 기대에 부응하기 위해서,
감정을 억누르는 건 아닐까 하고.

나를 보는 시선에 의식해서 괜찮다는 듯
애써 미소 지은 적, 참 많이 있었더라고요.

그래서 이제는 조금 달라지려고요.
지쳐서요, 지금껏 해온 내 노력에.

'척'으로만 나를 지킬 수 있는 거라면
그 행복, 나는 안 가지려고요.

나는 그냥 얼룩투성이의 내가 될래요.
그게 나라는 '사람'이고 '삶'이라고 생각할래요.

내 마음의 편안함이 곧 나의 행복이고,
나를 지키는 올바른 방법이라고 지금의 나는 그렇게
내 마음을 잡아주고 지켜주려고요.

당신은요?

당신은,
당신을 지키는 방법은
어떤 건가요?

좋은 사람: a good person

딱히 무언가를 하지 않았는데
너는 나를 좋은 사람이라고 한다.

I didn't do anything particularly,
You say I'm a good person

문득 궁금해졌다,

좋은 사람의 기준은 뭘까.

Suddenly I became curious

What is the standard for a good person.

사랑의 6하원칙 : the six principles of love

누가 언제
어디서 무엇을
어떻게 왜.

누군가가 아닌
너에게만 귀속되는
나의 6하원칙.

왜냐하면,

눈을 뜨는 아침부터
잠들기 전 순간까지
내 일상의 모든 물음표는
너로 마치는 느낌표니까.

내가 사랑하는 네가,
나의 시작이자 끝나는 지점이니까.

who, when where, what, how, why.

My six principles belong only to you, not to anyone.

because, From the morning I wake up to the
moment

I fall asleep Every question mark in my daily life,

It's an exclamation point that ends with you.

You, the one I love, are my beginning and end.

취미의 진실: the truth of one's hobby

취미가 생겼어
너라는 취미

"취할 것 같은
미친 매력에."

I got a hobby
The hobby that 'you'

likely to get drunk
With crazy charm.

인생이 사춘기야, 그냥.

life is adolescence, just.

나의 별: my star

당연한 게 아닌데, 당연해지고 그 당연함이 익숙함이 되었습니다. 항상 그 자리에 있을 거라는 생각에 소홀히 대하게 되는 존재가 가족이었습니다.

내가 어떤 사람이고, 어떠한 행동을 하더라도 항상 곁을 지켜주고 내 편이 되어주며 나보다 나를 더 걱정해주고 아껴주는 존재. 그렇게 저는 저를 먼저 우선시 하게 되었습니다. 동시에 주변 사람들은 챙기면서 가족은 맨 뒤로 밀어 두게 되었습니다. 그때는 몰랐습니다. 타인은 제게 굳이 쓴 소리를 하지 않는다는 걸요.

가족이 저를 위해 쓴 소리를 하면 저는 잔소리라고 생각했습니다. 하지만 타인이 제게 그러면 '나를 정말 진심으로 생각해 주는 구나.' 하고 감동받아 저도 모르게 마음을 열어버리는 계기가 되기도 했습니다. 지금 생각해보면 내가 왜 그랬을까? 하는 생각이 듭니다. 조금만 제대로 보았다면 모순이라는 것을 눈치챘을 텐데 말이죠. 사람이 태어나 인생을 살면서 세 번의 시련을 겪는다는 말은 저와 관련이 없을 거라고 생각했습니다. 그러나 예고 없이 닥쳐온 시련은 바로 믿었던 주변 사람들의 외면이었고, 내 사람이라 믿었던 사람들의 등 돌림이었습니다. 세상이 꺼지는 기분을 느끼고 나니 생각이 바뀌었습니다.

남들은 평생 한 번 겪기도 힘든 일들이 한꺼번에 휘몰아친 바람에 부서져 가는 제 마음을 붙잡아 준 존재가 바로 내 가족이었습니다. 늘 그랬듯이 함께 아파해주고 저를 지켜 주려 애쓰는 모습에 저는 깊은 감동을 받았습니다.

저도 별 수 없었습니다. 모든 걸 다 내려 놓고 싶어지니 비로소 보였습니다. 저를 소중히 아껴주는 존재들이 말이죠.

그동안의 익숙함에 저도 모르게 소중한 이들을 상처 주고있었습니다. 있을 때 잘하자는 말을 되새기며 어제보다 오늘 더 나은 내일의 제가 되려 조금씩 나아갑니다.

모든 걸 내려놓았더니 그제야 보이더라고요,

가족이라는 **별**이.
The star called family.

109

다음 사람을 위해서:
please think about the next person

공공 화장실을 가면
어김없이 보이는 글귀가 있습니다.
'다음 사람을 위해서'

저 글귀대로 행동한다면 나는,
오늘 누군가에게 배려 있는 좋은 사람이 되는 걸까요.

왜, 내 귀에는
'다음 사람을 위해서' 이 말이
'다음 사랑을 위해서' 정리를 해 달라고
들리는 것 같을까요.

비례하는 것 같습니다.

공공 화장실의 내 흔적을 지우듯이
내 마음속 찌꺼기도 깨끗하게 치워두고
다음 사랑을, 다음 사람을 준비하는 모습이.

나만이 아닌 당신을 맞이할 준비까지
세상에는 참, 많은 배려가 있는 것 같습니다.

there seems to be a lot of consideration in the world.

깊어질 준비: ready to deepen

생각이 깊어질 준비
감정이 깊어질 준비
배려가 깊어질 준비
마음이 깊어질 준비

설렘이 사랑이 될 준비.

Preparatio for deeper thoughts
Preparatio for deeper emotions
Preparatio for deeper consideration
Preparatio for deeper hearts

Preparatio Excitement becomes love

너라는 음악: music called "You"

듣고 싶어, 너라는 음악

들려 줄래, 너라는 선율

들려줘, 너라는 이름의 **밤**을

I want to listen, to your music

Will you play it for me, the melody of you

Let me hear, a night named you

한 잔의 시간:

It's only time to drink a can of beer

그거 아세요?

당신과 나의 감정이 좁혀지는 데 필요한 시간은

You know what?

The time you need to narrow my emotions

편의점에서 소주 한 잔에
오뎅 국물을 함께 먹는 시간이었어요.

Just a glass of soju in convenience store
It was a time to eat together.

읽는다는 건 : Reading

책을 읽는다는 것은 타인의 세상에 들어가
그 사람의 인생을 슬쩍, 엿보는 것이 아닐까요.

평생을 살아가며 만나는 사람들이 아무리 많아도
이 세상 안에서는 겨우 1%에 불과할 테니까요.

타인의 삶이 궁금하고
모르는 세상을 알아가고 싶어서
오늘도 서점을 둘러보며
내가 알지 못했던 세상을 알기 위해 노력합니다.

무언가를 읽고 접함으로써
새로운 것을 발견하고, 배워나가는 과정 자체가
간접적인 여행과 같은 의미지 않을까요.

읽는다는 건,
그렇게 내 인생과 어떻게 무엇이 다른지를 알아가며
'함께'라는 이름으로 다른 세상을 배워가는 거니까요.

오늘은, 어떤 책을 읽어 볼까요?
What book should I read today?

상처 주기 싫어서 : i don't want to hurt you

"너는 이해심이 많은 것 같아."

이해심이 많은 게 아니라
말을 아끼는 것뿐이에요.

말은 부메랑과 같아서,

굳이 안 해도 될 만한
상처를 줄 말을 하게 된다면

그 상처가 배가 되어
돌아온다는 것도 알지만

나도 상처받기 싫은 것처럼

당신도 상처받기 싫을 테니까요.
you don't want to get hurt either.

사랑스러운 순간: a lovely moment

내리쬐던 밝음의 그림자가
모래사장에서 한 걸음씩, 뒷걸음질을 시작하는
지금은 16시 15분입니다.

모래사장에 돗자리를 깔고,
모서리마다 신발 한 짝씩과 물을 놓아 고정하고
돗자리 위에는 그림 도구들과 흑맥주 한 캔을 놓았습니다.

물빛을 그리기 시작했습니다.
이제 겨우 두 번째인 수채화 그림을 그리며
주변을 둘러보았습니다.

강아지와 뛰어노는 모습,
누군가와 함께임에 행복해하는 모습
나이가 지극해 보이시는 분들의 산책
바다에 취해 엉뚱하게 넘어지는 모습.

여기 발 닿은 모든 당신들이 참 사랑스럽게도 느껴집니다.

파도가 모래 속에 녹아 드는 경계선을 거닐며

그 잔잔함을 즐깁니다.

그저 아름답다는 이유로 모래성처럼 추억을 쌓아갑니다.

사진을 찍고 모래 위를 거닐고, 즐거워하며

낭만을 즐기는 지금 이 순간이 얼마나 사랑으로 가득한

지 알고 있는 오늘의 나는 이 사랑스러운 순간 속의 일

부가 되고 싶어 해가 지지 않았으면 하는 마음으로 그

려 봅니다,

모든 순간의 그대들을.

all of you in every moment.

사랑 고백 : Love confession

사랑 고백.

나의 세상이 지금 너로 가득하다고
사랑이라 말하지 않고 못 견디겠는
나의 사랑스러운 행위.

My world is now filled with you Without saying it's
love, My lovely action that I can't stand.

몰랐어, 네 고백에
이토록 뜨겁게 달아오를 줄은.

I didn't know, about your confession
I didn't expect it to be so hot.

참참참: Cham Cham Cham

뜨거운 태양에 머리카락조차 녹아 내릴 것 같던 8월 어느 날, 신입사원이었던 저는 패기 넘치게 직접 설문조사지를 만들어 카페에서 나눠주고 있었습니다. 그때 설문조사지를 본 한 남성이 물어보았습니다.

"어떤 예식이든 다 가능한가요?"

"네! 저희 회사는 웨딩 이벤트 예식을 전문으로 하기에 고객님이 원하시는 예식을 직접 만들고 진행도 가능합니다."그러자 남성분은 정식 상담을 요청하시면서 명함을 건네주셨고, 저는 신이 나서 회사에 정식 상담 일정을 보고 드렸습니다. 다음 날, 첫 고객을 위해 저만의 포트폴리오 자료를 추려 가벼운 발걸음으로 고객님을 만나러 갔습니다.

성함은 정우영. 나이는 37세, 신부님 나이는 33세. 한적한 까페에서 다시 만난 고객은 37세 정우영 님이었고, 신부측은 33세라고만 말씀하셨습니다. 4살 차이는 궁합도 안보는 천생연분이라는 생각을 하며 신부님은 언제 오시는

지 물어보았죠. 신랑 분은 본인만 상담을 하고 괜찮으면 예약을 하겠다고 하셨고, 저는 흔쾌히 받아들였습니다.

제가 스스로 발로 뛰어 만든 설문지를 보시고 상담을 요청한 첫 고객이었습니다. 예비 신랑님이신 고객님을 설레는 기분으로 상담을 진행하는 중, 신랑님의 말 한 마디에 개구리 뒷다리(성악가들이 직접 발음하며 주로 연습하는 최상의 웃는 표정)을 짓고 있던 제 표정은 정말로 개구리처럼 눈만 끔벅거리게 되었습니다. 예비 신부님의 이름은 김지영이고, 시각 장애인이었습니다. 후천적으로 갑작스럽게 생겨 치료하기엔 늦은 상황이라며 멋쩍게 말씀하셨어요. 너무나 당황스러웠으나 최대한 프로다운 면모를 보여주기 위해 티 나지 않게 활짝 웃으며 신랑님께 물어보았습니다. "어떤 식으로 진행해 드리면 좋으실까요?" 그러자 신랑님이 말씀하셨습니다. "그냥 지영이가 행복하게 웃을 수 있으면 좋겠어요. 늘 저에게 미안해하기만 해서요. 그래도 기억에 남을 평생의 행복한 날로 만들어 주고 싶어요." 예비 신랑님이 예비 신부님을 생각하는 모습에 저는 예식 진행을 승낙하지 않을 수 없었습니다. 문제는 이제부터였습니다. 프러포즈까지 진행해야 하고 일반적인 결혼식 경험도 없는 제가 시각 장애인 예식을 준비해야 한다는 부담이 컸기 때문이었습니다. 회사에 물어보았으나, 지금까지 장애인 예식을 접수한 적이 없으니 이번 기회로 첫 사례를 만드는 계기가 되면 좋겠다는 답만 돌아왔습니다.

보이지 않는 데 행복을 느끼는 게 가능한 건가?

겪어보지 않은 상황에 머리가 멍했지만 첫 고객이고, 첫 예식이라는 생각에 어떻게든 성공해 내리라는 마음을 굳게 먹었습니다. 그날 저녁, 집으로 돌아와 예비 신랑님께서 보내 주신 이메일을 확인하는데 마치 판도라의 상자를 여는 듯한 기분이 들 정도로요. 파일을 하나하나 체크하는데, 어느 순간 눈물이 고일 정도로 가슴이 저릿해짐을 느꼈습니다. 누가 봐도 초점이 맞지 않는 눈으로 카메라를 응시하면서도 예비 신랑님과 환하게 웃는 사진과 동영상들, 예비 신부님이 사랑스럽다는 듯이 바라보시는 예비 신랑님의 표정을 보자 일을 떠나서 정말 행복한 예식을 만들어 드리고 싶다는 생각이 들었습니다. 며칠 내내 고민하며 생각한 결과'보이지 않으면 들으면 되지 않을까'라는 생각으로 동화 같은 예식을 만들기 시작했습니다. 어릴 적 보았던 동화 속에 꿈 같은 결혼식을 실현하겠다는 생각에 저는 기대와 걱정이 앞선 가운데 틀을 짜기 시작했습니다. 모든 예식 순서는 디즈니 음악으로 구성하였고, 프러포즈의 시각적인 효과는 볼 수 없으나, 예비 신부님이 좋아하는 분홍색과 흰색을 번갈아 헬륨 풍선을 천장에 가득 띄웠습니다. 두 사람의 행복이 담긴 동영상의 마지막은 예비 신랑님과 지인, 가족들이 음성 영상 메시지를 넣어 모두의 축하를 받는다는 느낌을 살려 한쪽 거실 벽에 빔을 쏘는 형식으로 틀었습니다.

프러포즈 당일, 신랑님과 저는 분주하게 집을 꾸몄습니다. 그리고 평소처럼 집에 오신 신부님은 발밑에서 느껴지는 느낌에 흠칫 놀라셨지만, 뒤이어 나오는 디즈니 애니메이션 라이온킹의 '하쿠나마타타 (hakuna matata)'를 들으며 한 발짝씩 천천히 걷기 시작하셨습니다.
신랑님은 중간에 슬쩍 신부님을 부르며 손을 잡고 소파에 함께 앉았고, 그와 동시에 음악이 멈추며 영상이 나오기 시작하였습니다. 그간 두 사람의 시시콜콜한 애정과 장난기가 가득 묻은 목소리, 대화를 듣다 가족과 지인, 마지막으로 신랑님 목소리를 들은 신부님 표정은 굉장히 행복해 보였습니다. 그리고 이어진 프러포즈.

"나랑 결혼해 줘. 지영아."

무릎을 꿇고 반지를 건네며 청혼하는 신랑님을 마주한 신부님은 너무나 환하게 웃으시며 고개를 끄덕이며 "응." 이라고 대답하였습니다.

그리고 예식 당일, 신부님처럼 사랑스러운 느낌의 꽃들로 가득한 웨딩홀에서 예쁜 드레스를 입은 신부님과 함께 제가 준비한 동화 결혼식이 시작되었습니다. 신부 입장 때 미녀와 야수 OST인)'Beauty of the beast', 신랑 입장 때 라이온킹 OST 중 하나인'Circle of life'를, 부모님께 인사드릴 때는 알라딘 OST인'A whloe new world'로 모든 예식 순서 하나하나에 디즈니 음악을 재즈 방식으로 하여 흘러나오게 맞췄습니다. 음악으로나마 신부님의 순수함을 보여드리고, 직접 들으시면서 행복을 느낄 수 있길 바라는 마음을 담아서요.

그렇게 마지막 행진까지 최선을 다해 진행하였고, 결혼식은 성공적으로 마칠 수 있었습니다. 축가 직전 짧게 편집된 프러포즈 영상을 함께 보던 하객과 양가 부모님 모두 행복한 눈물을 흘리셨고, 저도 가슴이 뜨거워지는 것을 느꼈습니다. 이들을 보며 '사람은 정말, 사람을 살아가게끔 한다' 는 '애지욕기생'이라는 한자 성어가 문득 떠올랐습니다.

한 때 몇달 간 베스트셀러였던 '불편한 편의점'이라는 소설에 '참깨라면, 참이슬, 참치김밥'의 줄임말로 '참참참'이라는 단어가 나오는데, 제게 또한 소중한 이가 '참참참' 이면 '참모습, 참마음, 참사랑' 이 더 어울리지 않겠냐고 했던 말이 이 부부를 생각하니 문득 떠올랐습니다.

참모습 참마음 참사랑이라, 그 어느 말보다도 이 부부에게 잘 어울리는 언어라는 생각이 들었습니다. 처음부터 세상을 볼 수 없었다면 모를까, 해가 뜨면 아침이고 달이 뜨면 밤이라는 것과 사랑하는 사람의 모습을 두 눈으로 두 번 다시 볼 수 없게 되었는데도 저렇게 서로가 한결같이 맞춰주고 배려하는 사랑도 있다는 것에 저는 감격 그 이상의 경외감을 느낄 정도였습니다.

이 예식 진행은,
보이지 않는다고 눈 감아 버리는 게 아닌,

다시 들추고 찾아내고 바라보는 마음의 눈을 키워
나아가자고 스스로 다짐하게 되는 동시에 저도 모르게
끼고 있던 색안경을 벗게 되는 계기가 되었습니다.

아직 저의 인생 타이머는 멈추려면
지금껏 살아온 시간 정도가 남아있습니다.

그러니 마음의 눈을 키워서
제 타이머가 멈추었을 때는 지금보다 더 밝은 시야로
세상을 보고 싶다는 생각이 들었습니다.

앞날이 없는 삶이란 없습니다,
누구에게나 가야 할 길이 있기 마련인 건데.
앞이 보이지 않는다고 해서 보이지 않는 것이 아니라
보지 못하고 있을 뿐인 것이었습니다.

누군가가 저에게 보이는 게 전부라고 말한다면
나 자신의 장단점을 빠르게 인지하고 좋고 싫음을
인정할 줄 알아야 한다고 말해주고 싶습니다.

마음의 눈을 키우면
내가 보는 시야도 달라진다고,

내 세상이 달라진다고도
꼭 말해주고 싶습니다.

Chapter 3.

오늘 몇 도야?

What's the temperature today?

너라는 온도.

The temperature something you.

가을, 세 잔: fall, three cups

단풍에 한 잔 취하고

노을에 두 잔 반하고

가을에 세 잔, 물들어 갑니다.

At the fall folage one cup, drunk
At a sunsets two cup, fall in love
At in fall three cup, it gets soaked in.

내 가을은: my fall

뜨거웠던 여름이 지나고
말랑함이 그리워질 듯한 계절

노을의 일렁임이 깊어지고
사람의 색깔이 짙어지는 계절

왜일까,
더욱 짙어가는 계절인 것 같아,

내 가을은.
my fall.

누구를 위한 삶인가: who's life for

리쌍은 말했어,
누구를 위한 삶이냐고

나 자신부터 삶이 되고, 사람이 되어야
누군가를 위한 사람이 되는 것처럼

나를 위한 삶을 살아,
타인에 갇힌 삶을 살지 말고

바랄게.

네가, 그리고 내가
타인에 갇힌 사람이 되지 않기를.

You, and I

I hope you don't become a person trapped in others.

걱정 말아요: don't worry

복잡하게 생각하지 마.
복잡할수록 나만 생각해.

내 인생은
내가 만드는 거니까.

행복해지기 위해
오늘도 나는 하루를 시작하니까.

Don't be complicated.
The more complicated you are,
the more you think about me.

I'm making my life.
To be happy
Since I'm starting my day again today.

모든 것에 일일이 연연하지 않기를.
사소한 것에 마음 다치는 일이 없기를.

Don't dwell on everything.
Don't get hurt by small things.

낭만 포차: a romantic cart bar

스무 살 되던 해에 처음 갔던 동네의 낭만 포차.
성인이 되고 나서 십여 년을 함께 했다가
삶이 바쁘다는 이유로 합리화하며 뜸했는데
문득, 생각이 나서 그 당시와는 다른 인연으로
추억의 낭만 포차를 찾아갔습니다.

20대의 한창 빛나던 시기에 지인들과 남겼던 추억,
그리고 기억 한 조각이 예전 그대로의 모습으로
벽 한 귀퉁이에 조개껍질 하나로 고스란히 남겨져 있
었습니다.

나는 잊었었는데 이곳은 나를 남겨주었고,
내 흔적이 남아있는 자체가 치기 어린 시절의 나를
간직해준 것 같아서 쉼 없이 들어갔습니다,
막걸리 한 잔 이.

감사합니다.
흔적이 남아 있음에
잠시나마 시간여행을 할 수 있었고

그때보다 조금 더 나아진
지금의 내가 있다는 걸
알 수 있어서.

"당신의 낭만 포차는 어디인가요?"
Where is your romantic cart bar?

견뎌내기: to endure

무뎌지는 아픔이라는 건 없어요,

내 마음이 더 아프지 않게
견뎌내고 참아낼 뿐인 거지.

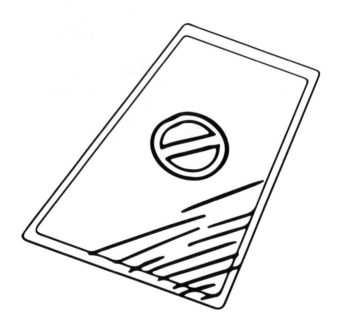

아픔도, 아파할 줄 알아요.

There's no pain that becomes numbness
So my heart doesn't hurt even more.
I just endure and bear it

pain, I know how to endure it

소중한 오늘: precious today

죽음에 가까울 만큼 아팠거나
힘들어 본 경험을 해 보니 그제서야 알겠더라고요,

하루가 소중해
　　　　죽겠다는 것을.

I was sick enough to die
After having a hard time, I realized it only after
having a hard time, Every day is precious.

싫어서: hate

내가 싫은 건

　　남도 싫은 거야,

What I don't like is

　　I don't like Namdo either.

이 양반아.

적당함의 중요성: the importance of moderation

즐거움과 기쁨, 행복은
누구에게나 쉽게 얘기할 수 있지만
괴로움과 슬픔, 힘든 마음은
누구에게나 얘기할 수 없기에

누군가 내게 속마음을 얘기하거나 털어놓는다면
아, 내가 이 사람에게 필요한 존재구나,
이런 생각이 들면서 그 사람의 상황을 들어주게 된다.
하지만 그것도 반복되니 경청도 경청 나름이더라.

내가 도와줄 수 있는 건
그 사람의 '힘듦'을 들어주고 공감해 주는 것뿐인데
내게 얘기함으로써 '위로'로 인한
심적인 해결을 바라는 게 느껴지더라

알고 있지만 다시금 깨달았다.

호의가 반복되면 권리가 된다는 것을.

처음은 어렵지만 그 후는 쉽다는 것을.
내 감정도 제대로 다스리지 못하면서
남의 감정을 함부로 판단하면 안 된다는 것을.
나는 누군가의 감정 쓰레기통이 아니라는 것을.

내 힘듦이 타인의 힘듦보다
크다고 단언하는 것만큼 어리석은 짓도 없다는 걸
이제는 안다.

나를 위해서 기억하자.

인간관계의
　　최고의 농도는
　　　　'적당히'라는 것을.

말의 장례식: the funeral of Language

되돌아보고,
나를 반성해 보는 시간.

한 주간을 돌아보고
마음 한구석에 파묻는 오늘은
나의 '**말(言)**'의 장례식.

나라는 가치를 높이고 싶다면
적어도 백 번은 곱씹어 보자.

내가 입으로 뱉어졌을 때
어떤 사람이 되고, 어떤 사람으로 보일지.

어떤 말을 하는지 보다,
어떤 말을 하지 않아야 하는 지도.

뱉어진 순간
'말(言)'은 나의 얼굴이 되고
거울이 되는 거니까.

자신의 가치는, 내뱉음조차 거를 줄 아는
판단력이니까.

정답 (1) : right answer

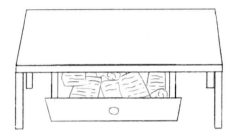

바보야,

답답함을 풀어내니까 정답인 거야.

A fool,

It's the answer because it relieves the frustration.

감정, 버리기: emotion, Throwing it away

: 오늘은, 어떤 이별을 했어?

Today, what kind of breakup did you have?

: 며칠 묵은 똥배를 비워냈지!

I emptied out my old dung belly for a few days!

변기 레버를 내리며 외친다.

He shouts, lowering the toilet levers.

"묵은 감정들아, 내려가라!"

"Go down, old feelings!"

엄마의 빨간 구두: mom's red shoes

구두를 신으면
어른이 되는 줄 알았는데 아니었고

맞지 않는 신발에
억지로 발을 끼워 넣는다고 맞는 게 아니더라.

뭐든지 타이밍이 있고
거쳐야 하는 과정이 있고

그 시간 속에서
나라는 사람의 단단함이 만들어진다는 것을.

엄마의 빨간 구두가
내 발에 딱 맞아 들어갈 때야

그제야, 알게 되더라.

마음 상태: state of mind

"마음이 너무 편안해"라는 말은
마음이 내가 원하는 '이익' 상태가 되었다고 생각해요.

좋아하는 것을 할 때의 느낌도,
결이 맞는 사람들과 시간 가는 줄 모르는 기분도
나를 위한 이익 세포가 채워지는 거라고.

공허하지 않도록, 허전하지 않도록
스스로 만족감을 주기 위해서 내 마음은
끊임없이, 끊임없이 이익 세포를 만드는 것 같아요.

그러다 하나씩 뭉쳐서 한 무리가 되는 순간
그제야 나는 '편안함'을 느끼는 게 아닐까요?

고맙다고 해야 할 것 같아요,
나를 위해 쉼 없이 움직이는 내 몸과, 내 마음에게.

I think I should say thank you,

To my body and my heart, who are constantly

moving for me.

오늘의 색깔: today color

* 데미타세 2온스 cafe의 아비시니안 '호두'

당신의 오늘은 어떤 색깔이었나요?

What color was your day today?

사랑밥: love roll

나한테
말아보려다가,

I tried to roll it up on me,

너한테
감겨버렸어...
wound around you.

함께 가는 길: the way we go together

당신과 내가 함께
걸어가고 나아감으로써
우리, 서로가 서로의
나침반이라는 의미를 가지는 건 어떨까요.

나와 당신의
나침반의 올바른 방향은
우리가 함께 걸어감으로써
제 기능을 해낼 수 있을 것 같거든요.

With you and me
by walking and moving forward
We, each other, each other's
What about having the meaning of a compass.

Me and you
The correct direction of the compass is

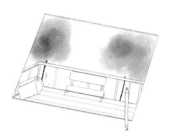

As we walk together
I think I can do my job.

만약 길을 잃은 것 같다면
겁먹지 말고 그때마다 한 번씩
마음껏 웃어주세요,

내가 당신의 미소를
하나씩 건져 올려
당신을 찾아갈 테니.

If you feel like you're lost
Don't be scared and laugh as much as
you want each time,

I'll pick up your smile
one by one and come to you.

정답 (2): answer

내가 생각하는
다정한 사람은,

상대방을 마주 보고
대화할 수 있고

거절함이 필요할 때
딱 잘라서 거절해 주고

애매한 대 '답' 대신
확고한 표현으로 보 '답' 해주고

상대방의 입장을
잘 헤아려주는 사람이에요.

나도, 당신에게

그런 '답'을 주는
사람이 될 수 있으면 해요.

인연: fate

우리가 만난 건 우연이 아니야.
you and i collided for a reason.

너와 나의 '인연'이지.
It's your 'fate' with me.

궁금해졌어,
I'm curious,

우리는 몇 번의 생을 거쳐서 이렇게 지금 만난 걸까?
How many lives did we go through to meet like this?

오늘의 인연이 된 그대, 내일도 잘 부탁해.

You, who became today's destiny,
I'll also count on you for tomorrow.

감사=인사: thanks = Greetings

"마음이 어두운 사람에게 한두 마디의 아름다운 말을
건넬 수 있으면서도 그 말을 아끼는 것은 마치 초가 아
까워서 어둠 속에 있는 것과 같다."
미국 토마스 제퍼슨 대통령이 했던 말입니다.

어릴 적부터 어머니가 제게 늘 하신 말씀은 '공부해라'
가 아닌 '인사를 잘해야 한다' 였습니다.
어린 나이에는 뇌가 스펀지라고들 하는데, 이유도 모른
채 그저 부모님의 말이기에 저는 그대로 따랐고 시간이
지나고 한 살씩 나이를 먹어갈수록 어느새 몸에 뱄는
데 지금 생각하니 인사는 어떠한 절망도, 부정적인 면
도 없는 희망이고 감사였습니다.

안녕하세요. 고맙습니다. 미안합니다. 사랑합니다...
인사에는 모든 감정이 들어있고, 인사는 내 입 밖으로
감정을 표출하는 거였습니다.

감사하는 자체도 어렵지만 '제대로' 감사하는 건 더 어려운 것처럼 모든 감정은 말로 전하지 않으면 그만큼 옅어질 거라고 생각합니다.
그래서 저는 인사로 다시 한번 전할게요.

"사랑합니다, 감사합니다."

Chapter 4.

'어른' 인 척 하는

pretending to be an adult

'어른이' 라서.

I'm an 'eoreuni' child.

어른이도 온기가 필요하고,
어른이도 이별이 어렵습니다.

어른이도 휴식이 필요하고,
어른이도 사랑에 배고픕니다.

어른이도,
어른이의 놀이터가 필요합니다.

Adults need warmth, too,

Even adults have a hard time breaking up.

Adults need rest, too,

Even adults are hungry for love.

Adults, too,

We need a playground for adults.

나의 타인: my other person

괜찮다고 생각했다.
이 정도 일로 스크래치가 생기진 않는다고
그간 겪어 온 일들에 비하면 아무것도 아니라고
지금은 괜찮다고 생각했다.

나는 타인에겐 한없이 관대하면서
나에게는 한없이 야박한 타인이었다.

그래서 생각해 보았다.

누군가의 힘겨움을 위로해 주기 전에
내 마음부터 만져주고 안아주는 것부터 해보면
내가 나의 타인이 되지 않을 수도 있으니까.

언제나 나의 우선순위는
누구도 아닌 나 자신이어야 하니까.

내가 나의 타인이 되는 것만큼
슬픈 일은 없어야 하니까.

I thought it's okay.

I don't have a scratch

It's not anything compared to those who have been

experienced I thought it's okay now.

I'm generous with others

He was a mean person to me.

So I thought about it.

Before comforting someone's struggles

If I start by touching and hugging my heart

Because I might not be my other person.

My priority is always

Because it has to be myself, not anyone.

As much as I become another person

There shouldn't be anything sad.

"나는 내 마음을
　　다 보여주었는데

너는 왜
　　다 안 보여주는 거야?"

" I showed my whole heart.

　　Why don't you show your whole heart?"

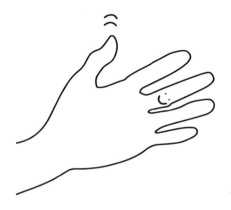

우리가 함께하는 사이라는 이유로
나와 생각이, 감정이 '같다'고 확정 짓지 말아요.

상대방도 나와 같을 거라 바랄 수는 있겠지만
정확하게 똑, 떨어지는 비율로 감정의 크기를
비교할 수는 없으니까요.

내 마음의 비율은 정하는 건
온전히 내 마음이 주인이니까요.
Setting the proportion of my heart is
Because my heart is the master.

휴식이 필요해: time to rest.

"지금 힘든 사람?"

팔을 쭉 뻗어 손 들어봐요.
하나, 둘, 셋, 넷... 다시 내려요.

다시 올리고,
내려봐요. 또, 한 번 더.

느껴져요?

팔을 올리면 힘이 들고,
팔을 내리면 힘이 빠지잖아요.

마음에도 힘 좀 빼봐요,
얘도 다시 일어설 힘은 줘야죠.

쉴 틈이 없어요, 쉴 틈이.
I don't have time to rest.

빨래: laundry

누가 나 좀 말려 주었으면.

Someone please laundry me.

흘러가는 중입니다: flowing

흘러가는 중이야,

너를 제외한 나의 모든 시간이.

It's flowing,

All my time except you.

쉬어가기: take a break

당신의 지친 발걸음에
가벼움을 더해줄 수 있다면.

힘들다, 말하지 않아도
축 늘어진 너의 뒤에서
살며시 어깨를 안아줄 수 있다면

밤 결에, 달빛의 결 아래서
그렇게, 내게 기대어

쉬게 해 줄 수만 있다면 좋겠습니다.

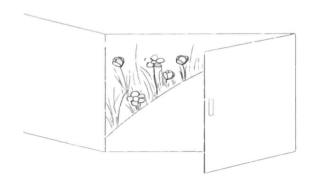

잡아 줄 거야: i'll hold it for you

잡아 줄 거야,
내 마음이 더 이상 비겁해지지 않도록

놓아줄 거야,
내 마음이 더 이상 욕심내지 않도록

안아 줄 거야,
내 마음이 더 이상 상처받지 않도록

지켜 줄 거야,
내 마음에 더 이상의 무너짐은 없도록.

울리지 마: don't make me cry

울리지 마,
아직 잠들어 있으니까

울리지 마,
아직 배꼽시계는 이르니까

울리지 마,
귀를 막고 싶을 정도니까

울리지 마요
내 전부니까요.

왜 나에게만: why only me

왜 나에게만
이런 일이
생기는 걸까 싶을 때

가만히 있다가
갑자기 눈물이 날 것 같을 때

주변의 응원에도
아무런 위로가 되지 않을 때
마음에 주사를 놓을 수 있는 계기를 찾아보자.

아무것도 아닌 사소한 그 한 가지가

내가 혼자만의 동굴로
들어가지 못하게 시멘트를 발라서
막아놓는 계기가 될 수 있을 테니까.

What's wrong with me

That's unbelievable.

When I doubt it's going to happen

I stayed still

When I feel like I'm about to cry

Even if there's support from people around me

When you don't feel comfortable at all.

There's only one thing that's nothing

I'll go to a cave alone

I applied cement so that it wouldn't go in

It could be an opportunity to block it.

피아노의 숨결이, 마이크의 울림이
볼륨을 띄우기 시작한다, 흑색의 거장 앞에서.

당신의 마지막 인생을 연주하기 위해
흑색의 거장은 피아노 앞에 앉아 손가락을 올린다,
평생의 반려자였던 피아노 위에.

10분. 30분. 1시간. 1시간 30분.
쉼 없이 마지막 인생을 연주하며 숨결이 꺼져 간다.

"좀 힘드네, 무지 애쓰고 있거든."

힘을 잃은 숨이 내뱉은 단 한 마디.

엇나가기 시작하는 연주에도
거장의 음악은 멈추지 말라고 말해주는 듯
잔잔하고 깊은 일렁임을 보여준다,
파도 하나 없이.

당신의 손가락이 멈췄다.
사라졌다, 흑색의 거장은.

피아노 옆 커튼이 바람에 일렁이고 건반이 움직인다.
건반은 스스로 연주를 시작한다, 흑색의 기억을.

**당신이 없어도,
음악은 홀로 남아 건반을 두드린다.**

Even without you,
The music stays alone and hits the keyboard.

시끄러워서: noisy

마음이 너무 시끄러우면
아무것도 안 들릴 때가 있더라고.

If you're too loud,

there are times when you can't hear anything.

좋은 사람: a good person

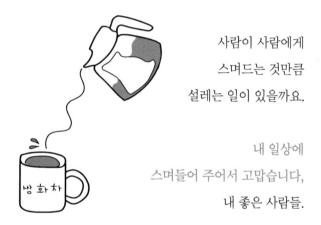

사람이 사람에게
스며드는 것만큼
설레는 일이 있을까요.

내 일상에
스며들어 주어서 고맙습니다,
내 좋은 사람들.

from a person to a person As much as it permeates
Is there anything exciting.

My everyday life Thank you for seeping into,
My dear ones.

말 한 마디, 위로: condolence, comfort

아이러니하지.
나를 오래 보아 온 지인들보다
일면식도 없는 사람의
말 한 마디가 위로될 때가 있다는 건.

It's ironic.

Than those who have known me for a long time

Of someone who doesn't know

The fact that a single word can be comforting.

아마도: maybe

너를 한 입 베어 물으니
네가 내게 스며 들었다.

I took a bite of you You seeped into me.

Maybe,

내가 너를 탐하고
싶어지는 이유.

Maybe,

The reason I want to covet you.

어른아이: adult Child.

아이는 아프다고 마음껏 울 수 있지만
어른은 아프다고 마음껏 울면 안 된다는 건

The child can cry as much as he wants because he's

sick but Adults shouldn't cry because they're sick

어른인 척 하는 어른아이에요, 어른이.

He's a grown-up who pretends to be an adult Child.

안녕, 나의 추억아: hello, my memory.

순간이 오늘이 되고,
오늘이 어제가 되고
지난날이 과거가 되어

발걸음 뒤의 삶에 겹겹이,
쌓여가고 채워지는
나의 또 다른 시간인

안녕, 나의 추억아.

The moment becomes today,

The today becomes yesterday,

The past has become history,

Layered in the life behind the step,

It's piled up and refill up,

It's another time for me,

Hello, my memory.

추억이 괜히 추억이겠어,
다시 생각해 봐도 또 생각하고 싶으니까
아무리 그리워해도 돌아갈 수 없으니까.

그러니까 그건,
기억이 아닌 추억인 거야.

'기억'엔 그리움이 없으니까.

Memories must be memories for no reason,
Even if I think about it again, I want to think about
it again No matter how much I miss you, I can't go
back.

So that's, It's a memory, not a memory.
There's no longing in "Memories."

틈: crack

좋았던 기억도,
안 좋았던 기억도 조금의 틈은 남겨 두어요.

어떠한 모습으로 남은 기억이든
언젠가 다시 그리워 찾아볼지 모르니까요.

Good memories, too,
Let's save the bad memories after a little gap.

In what form memories remain or
Too can find because want to see again.

내가 안아줄게: i'll hug you.

너무 완성작이
되려 하지 않았으면 해.
너는 지금도 충분히 잘하고 있으니까.

적어도 내겐,
조금 바래진 너의 지금이
더 찬란하게 빛나 보이니까.

Very a finished piece
I hope it doesn't try too hard to be
You're doing well enough now.

At least for me,
Slightly faded, your now
More brilliantly, because it looks shiny.

울고 싶을 땐 이리와,
내가 안아줄게.

Come here when you want to cry, I'll hug you.

사진:'우주남매'

시간의 주름: wrinkle of time

생각해 보면, 모든 시간 속에서
자연도 사람도 참 많은 시간을 필요로 하는 것 같습니다.

눈 뜨고 아침을 맞이하는 시간,
밥을 먹고 하루를 보낼 준비를 하는 시간,
하루를 보낸 후 다시 나를 내려놓을 시간까지.

그런 오늘이 지나고 다시 눈을 뜨면
그 시간은 어제가 되고 나의 주름에
한 부분이 되어 갑니다.

시계를 거꾸로 돌려놓을 수만 있다면
세상의 모든 시간을 거꾸로 돌려놓고
처음부터 다시 하루를 시작하고 싶을 정도로,
시간은 여전히 많이 필요합니다.

이처럼 삶을 살아가는 일에도,
사람을 사랑하는 일에도 충분한 시간이 필요합니다.
문득 궁금해집니다.
당신의 시간은 어떤 모습으로 주름져 가는지,
그토록 푸르고 단단할 수 있는 당신의
삶을 살아가는 방식은 어떤 건지, 어떤 방식으로
하루를 살아가고 사랑하며 찬란한지도.

우리 모두 시간이라는 소중한 자원을 가지고 있지만,
그 시간을 어떻게 활용하고 살아가느냐에 따라 삶의
모습이 달라질 수 있습니다. 어떤 이는 시간을 아끼며
열심히 살아가고, 어떤 이는 여유롭게 시간을 보내기
도 합니다.

시간은 누구에게나 공평하게 주어지지만,
그 시간을 어떻게 활용하고 어떤 가치를 부여하느냐에
따라 나의 삶의 모습이 달라질 수 있으니까요.

당신의 시간은 어떤 모습으로 주름져 가고 있으며,
그 시간을 어떻게 활용하여 찬란한 삶을 살아가고
계시는 지 그 시간이 나는 궁금해집니다.

그리고 바라게 됩니다,

당신의 삶이 지금도,
　　앞으로도 찬란하기를.

Your life is still, May you continue to be brilliant.

비 오는 날: rainy day

아무렇지 않아 보여도
마음 켜켜이 비가 내리는 중이라서.

Even if it seems like nothing is wrong
It's raining in my heart in layers

당신의 눈물도 미소로 바꿔줄 자신이 있는데.

I'm confident that I'll turn your tears into smiles, too.

이별 연습: a parting practice

실력은 연습할수록 늘어가는데

이별은 아무리 연습해도
적응도 안 되고 실력도 늘어나질 않으니
어떻게 해야

매번 겪는 이별에도
무뎌질 수 있는 걸까요.

My skills are getting better as I practice
No matter how much I practice,
I can't get used to it and my skills don't improve

Can you get dull even with the breakups you go
through every time.

멈추고, 다시: stop and start again

숨 좀 트이게 잠깐 쉬어가.

Take a short break so you can breathe.

멈추었다가, 다시 시작해도 늦지 않으니까.

It's not too late to stop and start again.

내 마음인데: it's up to me

세상에서 가장 다루기 힘든 것 중
하나를 고르라면 마음이지 않을까.

우리 집 강아지를 돌보는 것보다
내 마음을 돌봐주는 게
백 배, 천 배는 더 힘든 것 같아.

내 마음인데,
왜 이렇게 내 마음대로 되지 않는 거냐고.

Of the most intractable things in the world
If I had to choose one, Wouldn't it be my heart.

Rather than taking care of my dog
Taking care of my heart
I think it's a hundred, a thousand times harder.

It's up to me,
Why isn't it going my way.

너의 등불이 되어: i'll be your beacon

만약 길을 잃은 것 같다면
내가 너의 등불이 되어
불안을 하나씩 건져 갈게.

그러니까
괜찮아, 불안해하지 마.

나는 언제나
너의 곁을 지키는 불빛이 되어줄 거니까.

"내가 너의 등불이 되어
불안을 하나씩 건져 갈게."

"I'll be your beacon
I'll get rid of my anxiety one by one."

가로등 빛: streetlight

불빛에 눈이 부실 리가 없는데,
고장 난 가로등은 그대로였다.

다만, 불 꺼진 가로등 아래로
'빛 방울'들이 한데 모여
가로등보다 더 찬란한 빛을 내고 있었다.

네가 없는 길을 걷는데도
오늘, 유난히 밝고 환하다.

지금 나를 비춰주는 건
가로등의 반딧불인 걸까
반딧불이 아닌 너인 걸까, 그러길 바라는 나인 걸까.

가로등 빛 하나에 오만가지 생각이
　　　　　　스며들다 못해 눈이 부시다,
　　　　　　네가 그리울 정도로.

There's no snow in the light
The fault was the same.

However, below the lights off
" Light drop" is gathered
It was showing a better light than the horizontal lamp.

Even though I'm walking down the road without
you
Today, it is exceptionally bright and bright.

What's shining on me right now is
Are they fireflies in the streetlights
Is it you, not fireflies,
Am I the one who wants to do that.

in the light of a street lamp

I can't get enough thoughts into my mind
My eyes are so bright that I miss you.

당신의 혼밥은, 안녕한가요? :
How's your eating alone

"인간은 누구나 홀로 있지 않을 수 없다.
인간의 행복은 홀로 잘 견딜 수 있는가에 달려있다"라
고 쇼펜하우어는 얘기합니다. 사람으로 태어나 유아기,
청소년기, 성인기를 거치면서 우리는 그렇게 '삶'이 되
어 갑니다.

그 삶이 되어가는 과정속에서 우리들은"누군가"라는
이름의 존재가 늘 곁에 있게 되고 익숙해지기 시작하
고, 당연하다고 인지하게 되면서 혼자의 시간은 오히려
머쓱해 지는 감정을 느끼곤 합니다. 타인의 시선을 의
식하게 되고 내가 가진 확신도 타인의 판단에 맞추는
나를 보게 되는 일이 적지 않게 생깁니다.

그렇게 "함께"가 당연해지는 동시에 "스스로"의 개념
은 작아져 가게 됩니다. 익숙하지 않고 외로워 보인다
는 이유로 우리는 혼자서 스스로 무언가 한다는 것에
겁부터 먹는데 대표적인 예가 혼밥이라고 생각합니다.

혼자만의 여행도, 혼자만의 문화생활도, 혼자만의 시간까지 혼자 할 수 있는 것은 너무나 다양하지만 이 단어는 유난히도 누구나 움찔, 하고 시작하게 만드는 경향이 있습니다.

이유가 뭘까요?
왜 다른 것들보다도 우리는 혼밥에 겁을 먹는 걸까, 생각해 보았습니다. 그 답은 내가 보는 시선과 내가 느끼는 감정에서 그리 어렵지 않게 찾을 수 있었습니다.

타인의 시선이 제일 많이 나를 향해 집중되기 제일 쉬운 상황이 혼자서 식당에서 밥을 먹을 때였습니다. 식당에서 혼자 식사하는 것에 대한 사회적 편견이 여전히 존재하기에 대부분의 식당이 2인 테이블부터 시작하는 것은 '밥'은 누군가와 함께 먹는 것, '식당'은 누군가와 함께 가는 곳이 라는 고정관념을 반영합니다.

나의 혼밥이 안녕하지 않다는 건 내가 외로워 보이기 싫고, 스스로 아직 움츠러든 부분이 있기 때문이지 않을까 하는 생각이 들었습니다. 편하게 혼자 먹지만, 밖에서는 겁이 나는 이유도 이러한 시선을 피하고 싶어서입니다.

한 번뿐인 인생에서 귀한 시간을
타인의 시선에 갇혀 보내고 싶지 않습니다.

내 마음의 편안함이 곧 나의 행복이고
나를 지키는 일이기 때문입니다.

당신은요?

당신의 혼밥은, 안녕한가요?

시선: one's gaze

서로가 서로의 그림자도
밟히지 않을 정도로
붉게 어두워지고 있는 와중에도

저 작은 카메라는 담아내고 있었다.
최대한의 밝기로, 나의 모든 순간을.

색달랐다.
내 눈엔 닿지 않아도 나의 모든 순간이

누군가의 시선 안에
사로잡혀 있다는 것이.

The shadows of each other
Even though it's getting so dark that I can't step on it

That little camera was being captured.
With maximum brightness, every moment of me.

It was different.
Even if it doesn't touch my eyes
Every moment of me

in someone's eyes
That you're obsessed with it.

네가 내게
쏟아지는 중이라서.

You are to me It's pouring.

아무리 사소한 일도

너와 관련된 모든 일은

내게는 그 무엇보다 중요한 일이라서.

: 네가 내게 중요한 사람이라는 의미.

no matter how trivial it is

Everything about you

It's more important than anything else to me.

: Meaning you're important to me.

꼬까신: new flower shoes

"개나리 노오란 꽃그늘 아래, 가지런히 놓여있는 꼬까
신 하나. 아가는 사알짝 신 벗어 놓고 맨발로 한들한들
나들이 갔나. 가지런히 기다리는 꼬까신 하나."

초등학교 3학년 때 국어 시간에 처음 배운 동시 '꼬까신'.
교과서에 있어서 읽게 된 꼬까신은 작가까지는 기억하
지 못 하였지만, 글을 제대로 알게 되면서 책을 좋아하
게 된 계기이기도 하다. 누군가 내게 글쓰기와 책 읽기
를 언제부터 좋아하게 된 거냐고 묻는다면 주저 없이
나의 10 살, 꼬까신과의 첫 만남이라고 말할 수 있다.

서른여덟의 나이가 되고 나를 다독이는 글을 쓰다 깨달
은 것은, 나의 모든 글에 온기가 가득하다는 것이었다.

언제부터였을까,
글에 온기를 담기 시작한 것은.
흘러온 시간의 자국을 돌아보니
아홉 살 나이의 꼬까신이 문득 생각났다.

어쩌면, 그 꼬까신이
글의 온기를 느끼게 해 준 시작이 아닐까 하고.

온기는 사람의 체온으로 따뜻한 기운이라는데
당신이 내 온기로 조금이라도 따뜻함을 느낄 수 있을까
하는 마음에 오늘도 나는 끄적인다,

내가 당신의 온기가 될 수 있다면.

누구야? : Who are you?

너는 누구니?

Who are you?

나는 너의 온기야.

I am your warmth.

엄마: mother

세상에 눈을 뜨니,
나는 엄마의 거울이 되어 있었습니다.

당신 품 안에서 벗어나
걷고 홀로 나아가는 시간 동안 닮아가고 싶은 만큼
'엄마'라는 거울 그대로가 되고 싶었는데
곧은 길이 아니라 비탈길로 새어 나가는 기분이 듭니다.

그럼에도 당신은 괜찮다고, 천천히 오라고
넘어지거나 다치지만 않으면 된다고
곧은 시선으로 나만을 바라보고 걱정하고 있습니다.

나라는 존재가
덧없음이 아닌 소중함이라는 존재라고
엄마라는 이유 하나만으로

당신보다 나를
　　우선해 주는 그 사랑을
　　　나는 얼마의 시간이 지나야
　　　　보답할 수 있을까요.

엄마, 사랑해.
Mom, I love you.

찰나, 그 순간: at that moment

내가, 만약
'영원'과 '찰나'의 기로에서 있다면
나는 주저 없이 '찰나'를 택할 거예요.

영원이 9이고, 찰나가 1 일지라도
그 1의 순간이 내 인생에서 제일 짧으면서도

가장 만족하는 '찰나'가 될 것 같거든요.

I think it's going to be the most satisfying "Chalna".

아래로, 저 아래로: down, down there.

시간이 해결해 주는 게 아니라,
무뎌짐에 익숙해지는 거겠죠.
새로움을 시작하려 한다면 지금이 딱 좋은 듯해요.

하얀 눈이 소복이 쌓임으로써
당신과 나의 흔적이 사라지는 것처럼
눈이 녹을 즈음에는 우리의 흔적도 아래로,
저 아래로 스며들었을 테니.

Time doesn't solve it,
You get used to being dull.
If you want to start something new
I think it's perfect right now.

As white snow piled up
Like the traces of you and me disappearing
By the time the snow melts,
we're going to have to show our signs
It would have seeped down, down there.

나 자신을: myself

외로움이라는 이름은,
추억할 게 많고 마음이 가득 찬 사람에겐
다가오지 않는 것 같아, 당신도 그러했으면.

행복했던 한순간으로 인해서라도
 외롭지 않았으면.

나는 이제 나를 사랑할래.

내가 알아주어야,
정말로

사랑스러운 사람이
될 것 같으니까.

The name loneliness is,
For those who have a lot of
memories and are full of hearts
I don't think you're approaching, and I hope you're
not, either.

Even if it's a happy moment
I hope you're not lonely.

I will love myself now.
I have to know,
I think I'll be a really lovely person.

크리스마스 시간 : merry christmas time.

하나가 둘이 되기 위해
둘이 하나가 되기 위해.

사람과 사람이 마주치고
바라보고, 알아가고
설레고, 사랑하고

캐롤이 울려 퍼지고
함박눈을 바라게 되는

왠지 모르게
그 어느 순간보다 둘이 함께이고 싶은
설레는 붉은 초록의 시간.

나의 발그스레한 볼과
당신의 초록빛 미소가
함께 어우러짐에

하나로 스며들 수 있는

행복이라는 이름의 Merry christmas.

Dear,

Happy Merry christmas.

아쉬워도 : Even if it's sad

배려도 지나치면 오지랖이야.
뭐든 적당함을 넘으면 탈이 나거든.

남을 위한다는 명목으로
너의 만족을 채우려 하면 안 되는 거야.
말도, 행동도 한번 더 생각하고 곱씹을 줄 알아야 해.

아쉬워도,
늘 여운은 남겨두는 거니까.

Even if it's sad,
it always leaves lingering feelings.

세상에서 가장 낮은 곳에서
누군가는 바닥이라 칭하고
누군가는 인생의 시작점이고

내게는 사람과 삶을
배워갈 수 있었던 곳이었음을.

찰나 속에서 나는,
지금껏 살아온 생보다
더 많은 삶을 배워 왔음을.

at the lowest point in the world
Someone calls it the floor
Someone is the starting point of life

I want to live with people
It was a place where I could learn.

in a split second I,
be better than one's life
I've learned more life.

사랑을 주는 용기 : courage to give love

사랑을 받기 위해선
사랑을 줄 수 있는 용기도 필요하다고 생각해.
단순히 받는 것만으로는 완전해질 수 없으니까.

주고받는 과정에서 서로의 마음이 연결되고,
그로 인해 더 깊은 사랑이 싹트게 되니까.

내가 매 순간 사랑받고 있다고 느끼는 이유는,
나를 바라보는 시선들이 따뜻하기 때문이 아닐까.

그 시선속에 느껴지는 진심이
나에게는 큰 위로와 힘이 되니까.

그 시선은,
나를 더욱 사랑받는 존재로 느끼게 만드니까.

결국,

사랑을 받기 위해서는
먼저 사랑을 줄 수 있는 용기를
가져야 하는 거니까.

글을 그리고, 그림을 끄적이는 치키입니다.

사람이 삶이고 사랑이라 생각하며 살아갑니다.
지금의 '치키'는 가족의 유별날 정도의 사랑으로 만들어졌습니다. 그렇게 받은 사랑을 저또한 상대방에게 인사로, 미소로 나누고 있었습니다. 누군가 나로 인해 따스함을 느끼고, 온기를 느끼며 위로를 받고 힘이 된다면 그건 저 또한 그렇게 사랑을 받았기 때문입니다.

어른이도 온기가 필요하다는 제목은, 제가 지금껏 살아온 시간에 비해 어른이라는 이름보다는 어른아이라는 이름에 가깝다고 생각했기 때문입니다. 완전한 '어른'이라고 불리기엔 아직 덜 여물었기에 어른아이를 줄여 '어른이'라는 호칭으로 저를 선보이게 되었습니다.

바라는 게 있다면, 어른으로 덜 여문 어른아이인 제가 쓴 이 책을 읽어주시는 분들에게 조금이나마 공감이 되고 위로가 되어, 제 마음이, 온기가 전해지길 바라는 마음입니다.

어른이도 온기가 필요하고,
어른이도 이별이 어렵습니다.

어른이도 휴식이 필요하고,
어른이도 사랑에 배고픕니다.

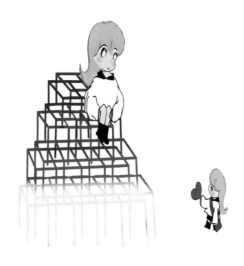

어른이도,
어른이의 놀이터가 필요합니다.
이 책이 잠시나마 '어른이'인 당신의
마음 속 놀이터가 될 수 있기를 바랍니다.

CHIKI ESSAY

INSTAGRAM: @chiki_essay.

2023년에 CHIKI (치키)라는 캐릭터를 만들어서 작가 자신의 모습이나 감정을 반영시켜 글을 쓰고 그림을 그립니다. 현재 활동하는 SNS는 인스타그램이며, 주로 1일1글로 글과 그림, 직접 찍은 사진을 활용해 사람들과 소통합니다.

생각을 끄적이는 게 일상 속의 루틴이 되어갈 때쯤 저의 일부가 세상에 나오게 되었습니다. 어떤 이야기를 풀어나가야 할까 고민하다가 평소의 있는 그대로의 끄적임을 꺼냈습니다. 치키라는 작가는 삼팔청준 세 번째 사춘기를 겪는 중이고, ENFP 인 어디에나 있는 지구여자사람입니다.

작가 활동 (2024)

2023.12 빈칸 압구정 '일러닷' 단체전 참가

2024.01 김해 도슨트 갤러리 '설빔' 단체전 참가

2024.01 영화 '사월의 눈(가제)' 포스터 디자인 / 소품디자인 /
현장 스케치

2024.02 김해시청 김해한글박물관 'CHIKI'S BLUE' 기증. 전시

2024.03 김해 도슨트 갤러리 '사랑고백' 단체전 참가
재형 작가 콜라보 전시+작가와 출판사 글 전시
'아이들의 꿈' 어린이봉사재단과 K-노트 제작

2024.03 성신여대 vvs뮤지엄 '원더랜드' 단체전 참가

2024.05 김해 도슨트 갤러리 '가족+세이브더칠드런'
전시 +아트기부마켓 참여

2024.06 리수 갤러리 '초여름의 별빛정원' 단체전

2024.06 빈칸 압구정 '낮과 밤' 글 전시 참여
신도림 구캔 갤러리
'갤러리 내러티브' 단체전 참여

2024.06 김해 문화의 전당 윤슬 미술관
제1전시실 '김해아트페어' 참여

2024.08 '내 밤결은 너여서' 음원 발매 예정

포레스트 웨일 출판사 |

'어른이도 온기를 부탁해'에세이 출간.

작가와 출판사 |

현 앰버서더 작가이며, 단톡방 부방장 중 한 명이다.
작가와 활동으로는 공식 프로그램인 독서글쓰기토론
'꼬꼬무북토크'의 진행작가로 진행을 맡고 있다.

꼬꼬무북토크 |

매주 일요일 오전 8시부터 10시까지 약 2시간 가량 온
라인에서 줌(화상회의)으로 작가님들, 그리고 독서와
글쓰기에 관심이 있는 분들과 책 한 권을 가지고 꼬리
에 꼬리를 무는 형식으로 북토크(BOOK TALK)를 진
행한다.

1권의 선정도서로 2주간 진행되며 진행작가인 CHIKI
가 책에 관련된 질문을 만들고 모두가 한 명씩 질문과
응답을 주고 받는다. 문장 트레이닝도 함께 진행한다.
평균 하루 15-30명의 인원이 참여하며, 카메라와 음성,
챗방에 대화 등 당사자가 원하는 대로 자유로이 참가
가 가능하다.

꼬꼬무북토크의 참여를 원할 시 CHIKI 작가의 인스타그램으로 DM으로 문의하거나 카카오 오픈채팅방에서 '작가와 출판사'를 검색해서 들어와서 문의도 가능하다.

어른이도 온기가 필요해

초판 1쇄 발행 2024년 6월 17일
초판 1쇄 인쇄 2024년 6월 17일

지은이   치키(CHIKI)

디자인   치키(CHIKI), 이누
펴낸이   포레스트 웨일
펴낸곳   포레스트 웨일
출판등록   제2021 - 000014 호
주소   충남 아산시 아산로 103-17
전자우편   forestwhalepublish@naver.com

종이책   979-11-93963-16-6

작가님들과 함께 성장하는 출판사
포레스트 웨일입니다.
작가님들의 소중한 원고를 받고 있습니다.
forestwhalepublish@naver.com